AF450881

PRIERES
DES SALUTS

QUI SE CHANTENT

EN LA PAROISSE S. JACQUES
de la Boucherie.

*Les Dimanches, les Jeudis & les Fêtes
solemnelles.*

Le prix est de douze sols, broché.

A PARIS,

Chez **PRAULT** pere, Quai de Gêvres,
au Paradis.

M. DCC. LII.

AVEC PRIVILEGE DU ROI.

PRIERES
DES SALUTS
QUI SE CHANTENT
EN LA PAROISSE S. JACQUES
de la Boucherie.

Il y a Salut tous les Dimanches, les Jeudis & les Fêtes solemnelles.

PENDANT L'AVENT.

 Salutaris hostia ;
Quæ cœli pandis ostium ;
Bella premunt hostilia,
Da robur fer auxilium.
UNI Trinoque Domino,
Sit sempiterna gloria ;
Qui vitam sine termino ;
Nobis donet in Patria. Amen.
℣. Cor meum & caro mea.
℟. Exultaverunt in Deum vivum.

A

ORAISON.

DEus, qui nobis sub Sacramento mirabili, Passionis tuæ memoriam reliquisti; tribue quæsumus, ita nos corporis & sanguinis tui sacra mysteria venerari, ut redemptionis tuæ fructum in nobis jugiter sentiamus. Qui vivis, &c.

ROrate, Cœli, desuper ; & nubes pluant justum.

Ne irascaris, Domine, ne ultra memineris iniquitatis, ecce civitas Sancti facta est deserta ; Sion deserta facta est. Jerusalem desolata est ; Domus sanctificationis tuæ, & gloriæ tuæ, ubi laudaverunt te Patres nostri.

Rorare, Cœli, desuper, &c.

Peccavimus & facti sumus tanquam immundus nos, & cecidimus quasi folium universi, & iniquitates nostræ, quasi ventus, abstulerunt nos. Abscondisti faciem tuam à nobis, & allisisti nos in manu iniquitatis nostræ.

Rorate, Cœli, desuper, &c.

Vide, Domine, afflictionem populi tui ; & mitte quem missurus es. Emitte Agnum dominatorem terræ, de petra deserti ad montem filiæ Sion, ut auferat ipse jugum captivitatis nostræ. Rorate, &c.

Consolamini, consolamini, popule meus : citò veniet salus tua : quare mœrore consumeris ? Quare innovavit te dolor ? Salvabo te, noli timere. Ego enim sum Dominus Deus tuus, sanctus Israel, redemptor tuus.

Roráte, Cœli, desuper ; & nubes pluant justum.

℣. Excita potentiam tuam, & veni.

℟. Ut salvos facias nos.

Oraisons des Dimanches de l'Avent.

Pour le premier Dimanche.

EXcita, quæsumus Domine, potentiam tuam, & veni ; ut ab imminentibus peccatorum nostrorum periculis, te mereamur protegente eripi, te liberante salvari : Qui vivis & regnas, &c.

Pour le deuxiéme Dimanche.

EXcita, Domine, corda nostra ad præparandas Unigeniti tui vias : ut per ejus adventum purificatis tibi mentibus servire mereamur : Qui tecum vivit & regnat, &c.

Pour le troisiéme Dimanche.

AUrem tuam, quæsumus Domine, precibus nostris accommoda : & mentis nostræ tenebras, gratiâ tuæ visitationis illustra : Qui vivis, &c.

Pour le quatriéme Dimanche.

EXcita, quæsumus Domino, potentiam tuam, & veni, & magnâ nobis virtute succurre : ut per auxilium gratiæ tuæ, quod nostra peccata præpediunt, indulgentia tuæ propitiationis acceleret : Qui vivis, &c.

PAnis Angeli- | Fit panis hominum :
cus | Dat panis cœlicus

Figuris terminum :　　Sic nos tu visita ;
O res mirabilis !　　Sicut te colimus :
Manducat Dominum　Per tuas semitas
Pauper, servus, & hu-　Duc nos quò tendi-
　milis.　　　　　　　　mus,
　Te, Trina Deitas　Ad lucem quam inha-
Unaque, poscimus,　　bitas. Amen.

Ainsi se termine le Salut tous les jours non
solemnels.

Noel. ❈ Noel. ❈ Noel.

SALUT DU JOUR DE NOEL.

O Salutaris hostia,
　Quæ cœli pandis ostium ;
Bella premunt hostilia,
Da robur fer auxilium.　　Amen.

℟. VErbum caro factum est, & habitavit
in nobis : * Et vidimus gloriam ejus,
gloriam quasi Unigeniti à Patre, plenum gratiæ & veritatis. ℣. Cùm nox in suo cursu me-
dium iter haberet, omnipotens sermo tuus,
Domine, de cœlo à regalibus sedibus prosi-
livit : * Et. Gloria Patri, & Filio, & Spiri-
tui sancto. * Et.

PROSE.

VOtis Pater an-　Salvatorem genuit
　nuit :　　　　　Intacta puerpera :
Justum pluunt sidera　Homo Deus nascitur;

SUPERUM concen-
tibus
Panditur misterium :
Nos mixti pastoribus
Cingamus præsepium
In quo Christus ster-
nitur.

Tu lumen de lu-
mine,
Ante solem funderis :
Tu numen de numine,
Ab æterno gigneris,
Patri par Progenies.

TANTUS es ! & su-
peris,
Quæ te premit caritas,
Sedibus delaberis :
Ut surgat infirmitas,
Infirmus humi jaces.

QUÆ nocens de-
bueram,
Innocens exequeris :
Tu legi, quam spre-
veram,
Legifer subjiceris :
Sic doces justitiam.

COELUM cui re-
gia,
Stabulum non respuis:
Qui donas imperia,
Servi formam induis !

Sic teris superbiam.

NOBIS ultrò simi-
lem.
Te præbes [in omni-
bus,
Debilibus debilem,
Mortalem mortalibus :
His trahis non vincu-
lis.

CUM ægris confun-
deris,
Morbi labem nesciens:
Pro peccato pateris :
Peccatum non faciens:
Hoc uno dissimilis.

SUMME Pater, Fi-
lium
Qui mitis ad homi-
nem,
Gratiæ principium,
Salutis originem,
Da Jesum cognosce-
re.

CUJUS igne cœli-
tùs
Caritas accenditur,
Ades, alme Spiritus:
Qui pro nobis nasci-
tur,
Da Jesum diligere.
Amen.

℣. Hic est Deus, Deus noster in æternum.

℟. Ipse reget nos in secula.

CANTIQUE.

DOMINE, Deus meus es tu, * exaltabo te, & confitebor nomini tuo ;

Quoniam fecisti mirabilia, * cogitationes antiquas fideles ; amen.

Quia posuisti civitatem in tumulum ; * urbem fortem in ruinam,

Domum alienorum, ut non sit civitas, * & in sempiternum non ædificetur.

Super hoc laudabit te populus fortis, * civitas gentium robustarum timebit te ;

Quia factus es fortitudo pauperi, fortitudo egeno in tribulatione sua ; * spes à turbine, umbraculum ab æstu.

Spiritus enim robustorum, * quasi turbo impellens parietem.

Sicut æstus in siti, tumultum alienorum humiliabis : * & quasi calore sub nube torrente propaginem fortium marcescere facies.

Et faciet Dominus exercituum omnibus populis in monte hoc convivium pinguium, convivium vindemiæ, * pinguium medullatorum, vindemiæ defæcatæ.

Et præcipitabit in monte isto faciem vinculi colligati super omnes populos, * & telam quam orditus est super omnes nationes.

Præcipitabit mortem in sempiternum : * & auferet Dominus Deus lacrymam ab omni facie,

Et opprobrium populi sui auferet de universa terra ; * quia Dominus locutus est.

Et dicet in die illa : Ecce Deus noster iste,
* expectavimus eum, & salvabit nos.

Iste Dominus, sustinuimus eum ; * exulta-
bimus, & lætabimur in salutari ejus.

Gloria Patri, &c.

Ant. Venerunt Pastores festinantes ; & in-
venerunt Mariam & Joseph, & Infantem po-
situm in præsepio. Videntes autem, cogno-
verunt de verbo quod dictum erat illis de
puero, alleluia.

ORAISON.

Concede, quæsumus omnipotens Deus,
ut nos Unigeniti tui nova per carnem
nativitas liberet, quos sub peccati jugo ve-
tusta servitus tenet ; Per eumdem.

*Les Dimanches & Jeudis qui arrivent dans
l'octave d'une Fête, le Salut se dit comme le
jour de la Fête.*

LE JOUR DE LA CIRCONCISION.

℞. Non est in alio aliquo salus ; * Nec enim
aliud nomen est sub cœlo datum hominibus,
in quo oporteat nos salvos fieri. ℣. Omnis qui
invocaverit nomen Domini, salvus erit. * Nec
enim. Gloria Patri. * Nec enim.

HYMNE.

NOXIUM Chriſtus ſimul introivit
Innocens orbem, Pater, inquit, adſum :
Vindices poſcat (venio paratus)
    Ultio pœnas.

NON placet fuſus cruor hoſtiarum :
Quod mihi aptaſti, Pater, ecce corpus ;
Agnus implebo moriens figuras
    Verus inanes.

DIXIT ; & Patris veneratus iram,
Suſtinet vulnus ſilicis cruentæ :
Et jugum legis ſubit ipſe, ſervis
    Ut juga demat.

JAM nihil carnem ſpoliare prodeſt ;
Sed malas cordis reſecare fibras,
Hoc opus : tali nova ſanciuntur
    Fœdera lege.

SUMMA laus Patri, ſimul æqua nato ;
Qui ſuo mundum redimit cruore :
Par ſit amborum tibi laus per omne,
    Spiritus, ævum.   Amen.

℣. Apud Dominum miſericordia.

℟. Et copioſa apud eum redemptio.

Cantique, *comme au jour de Noel.* page 6.

Ant. Cùm mortui eſſetis in delictis, & præputio carnis veſtræ, convivificavit vos cum Chriſto, donans vobis omnia delicta, alleluia.

ORAISON.

DEus, qui pro nobis homo factus, hodiernâ die circumcidi, & Salvatoris nomen accipere voluisti, concede propitius, ut carnis renuntiantes operibus, salutis æternæ præmium per invocationem sancti tui nominis consequamur; Qui vivis & regnas.

La veille de l'Epiphanie, si c'est un Dimanche.

O salutaris, &c. *ci-devant , page* 4,

℞. Ecce electus meus, dicit Dominus; complacuit sibi in illo anima mea : dedi spiritum meum super eum, * Judicium gentibus proferet; & legem ejus insulæ expectabunt. ℣. Notum sit vobis quoniam gentibus missum est hoc salutare Dei, & ipsi audient. * Judicium. Gloria Patri. * Judicium.

HYMNE.

DIVINE crescebas, puer;
Crescendo discebas mori :
Hæc destinatæ tunc erant
Mortis tuæ præludia.

SATUS Deo, volens tegi,
Elegit obscurum patrem :
Qui fecit æternas domos,
Domo latet sub paupere.

CŒLUM manus quæ sustinent;
Fabrile contrectant opus;
Supremus astrorum parens
Fit ipse vilis artifex.

TREMENDA cujus præpetes
Mandata portant spiritus,
Cui pronus orbis subditur,

Se sponte fabro subjicit.
Q u i natus es de Virgine,
Jesu tibi sit gloria
Cum Patre, cumque Spiritu,
In sempiterna sæcula.　　Amen.

℣. Omnes gentes, plaudite manibus :
℟. Jubilate Deo in voce exultationis.

CANTIQUE.

BEnedictus Dominus Deus Israel, * quia visitavit, & fecit redemptionem plebis suæ.

Et erexit cornu salutis nobis, * in domo David pueri sui.

Sicut locutus est per os Sanctorum, * qui à seculo sunt, Prophetarum ejus.

Salutem ex inimicis nostris, * & de manu omnium qui oderunt nos ;

Ad faciendam misericordiam cum patribus nostris, * & memorari testamenti sui sancti :

Jusjurandum quod juravit ad Abraham patrem nostrum, * daturum se nobis ;

Ut sine timore, de manu inimicorum nostrorum liberati, * serviamus illi

In sanctitate & justitia coram ipso * omnibus diebus nostris

Et tu, puer, Propheta Altissimi vocaberis ; præibis enim ante faciem Domini parare vias ejus.

Ad dandam scientiam salutis plebi ejus ; * in remissionem peccatorum eorum.

Per viscera misericordiæ Dei nostri, * in quibus visitavit nos Oriens ex alto.

Illuminare his qui in tenebris & in umbra mortis sedent, * ad dirigendos pedes nostros in viam pacis. Gloria Patri, &c.

Ant. Veniens Joseph habitavit in civitate quæ vocatur Nazareth ; ut adimpleretur quod dictum est per Prophetas, quoniam Nazaræus vocabitur.

ORAISON.

Corda nostra, quæsumus, Domine, venturæ festivitatis splendor illustret ; quo mundi hujus tenebris carere valeamus, & pervenire ad patriam claritatis æternæ ; Per.

LE JOUR DE L'EPIPHANIE.

O salutaris, &c. *ci-devant, page* 4.

℟. Mysterium Christi, quod aliis generationibus non est agnitum, nunc revelatum est : Gentes esse cohæredes, & concorporales, & comparticipes promissionis Dei in Christo Jesu ; * Ut innotescat multiformis sapientia Dei.

℣. Dicit Dominus : Ultrà flumina Æthiopiæ, inde supplices mei, filii disperforum meorum deferent munus mihi ; * Ut innotescat. Gloria. * Ut innotescat.

PROSE.

AD Jesum accurrite ; Corda vestra subdite

Regi novo Gentium.
STELLA foris prædicat ;

Intus fides indicat
Redemptorem om-
nium.

  HUC afferte mune-
nera
Voluntate liberâ,
Sed munera cordium.

  HÆC erit gratiffi-
ma
Salvatori victima!,
Mentis facrificium.

  OFFERT aurum ca-
ritas,
Et myrrham aufteritas,
Et thus defiderium.

  AURO Rex agnof-
citur,
Homo myrrhâ, coli-
tur
Thure Deus Gentium.

  JUDÆA, gaudenti-
bus

Non invide Genti-
bus
Retectum myfterium.

  POST cuftodes o-
vium,
Se Magi fidelium
Jungunt in confor-
tium.

  QUI Judæos advo-
cat
Chriftus, Gentes con-
vocat
In unum tugurium.

  BETHLEEM fit ho-
die
Totius Ecclefiæ
Nafcentis exordium.

  REGNET Chriftus
cordibus;
Et victis rebellibus
Proferat imperium.
  Amen.

℣. Populus qui creabitur laudabit Dominum.

℟. Quia profpexit de excelfo fancto fuo.

CANTIQUE.

LAudate, cœli, & exulta, terra : * jubilate, montes, laudem.

Quia confolatus eft Dominus populum
fuum, * & pauperum fuorum miferebitur.

Et dixit Sion : dereliquit me Dominus, *
& Dominus oblitus eft mei.

Numquid oblivisci poteſt mulier infantem ſuum, * ut non miſereatur filio uteri ſui?

Et ſi illa oblita fuerit, * ego tamen non obliviſcar tui.

Ecce in manibus meis deſcripſi te : * muri tui coram oculis meis ſemper.

Venerunt ſtructores tui : * deſtruentes te, & diſſipantes à te exibunt.

Leva in circuitu oculos tuos, & vide : * omnes iſti congregati ſunt, venerunt tibi.

Vivo ego, dicit Dominus, * quia omnibus his velut ornamento veſtieris, & circumdabis tibi eos quaſi ſponſa.

Quia deſerta tua, & ſolitudines tuæ, & terra ruinæ tuæ, nunc anguſta erunt præ habitatori-bus; * & longè fugabuntur qui abſorbebant te.

Adhuc dicent in auribus tuis filii ſterilitatis tuæ : * Anguſtus eſt mihi locus, fac ſpatium mihi ut habitem.

Et dices in corde tuo : Quis genuit mihi iſtos ? * ego ſterilis & non pariens, tranſmi-grata & captiva :

Et iſtos quis enutrivit ? ego deſtituta & ſo-la : * & iſti ubi erant ? Gloria Patri, &c.

Ant. Per viſcera miſericordiæ Dei noſtri viſitavit nos Oriens ex alto, illuminare his qui in tenebris & in umbra mortis ſedent, alle-luia.

O R A I S O N.

DEus, qui hodiernâ die Unigenitum tuum Gentibus ſtellâ duce revelaſti : concede

propitius, ut qui jam te ex fide cognovimus ;
ufque ad contemplandam fpeciem tuæ celfitu-
dinis perducamur ; Per eumdem Dominum
noftrum, &c.

Les Dimanches & les Jeudis depuis la
Circoncifion jufqu'à la Purification.

O falutaris, &c. *ci-devant*, page 4.

℟. Verbum, &c. *comme à Noël*, page A.
Hymne. Divine crefcebas, Puer, &c. *com-*
me la veille de l'Epiphanie, page 9.
℣. Filii Sion exultent in rege fuo :
℟. Laudent nomen ejus in choro.
Les Dimanches on chante le Cantique Bene-
dictus, ci-devant, page 10.
Et les Jeudis, le Cantique fuivant.
Cantique de la fainte Vierge. Luc. 1.

Magnificat * anima mea Dominum,
Et exultavit fpiritus meus * in Deo
falutari meo ;
Quia refpexit humilitatem ancillæ fuæ ;*
ecce enim ex hoc beatam me dicent omnes
generationes.
Quia fecit mihi magna qui potens eft, * &
fanctum nomen ejus ;
Et mifericordia ejus à progenie in progenies * timentibus eum.
Fecit potentiam in brachio fuo : * difperfit
fuperbos mente cordis fui.

Deposuit potentes de sede, * & exaltavit humiles.

Esurientes implevit bonis, * & divites dimisit inanes.

Suscepit Israel puerum suum, * recordatus misericordiæ suæ.

Sicut locutus est ad patres nostros, * Abraham & semini ejus in sæcula. Gloria, &c.

Ant. Peperit Maria Filium suum primogenitum, & pannis eum involvit, & reclinavit eum in præsepio.

ORAISON.

BEata tempora celebrantes, quæ per temporalem Unigeniti tui Nativitatem, & partum Mariæ Virginis consecrasti : quæsumus, Domine, ut ejusdem Dei genitricis intercessione, & in illo renasci, & tanti mysterii fructum jugiter in nobis conservare mereamur. Per eumdem.

LE JOUR DE LA PURIFICATION.

O salutaris, &c. *ci-devant, page 4.*

℞. BEnedixit Deum Simeon, & dixit : * Nunc dimittis servum tuum, Domine, secundùm verbum tuum in pace, † Quia viderunt oculi mei salutare tuum. ℣. Expectans expectavi Dominum, & intendit mihi ; & exaudivit preces meas ; & immisit in os meum canticum novum. * Nunc. Gloria. † Quia.

PROSE.

AVE plena gratiâ,
Cujus inter brachia
Se litat Deo Deus.

FAS me templum
visere;
Tibi fas occurrere,
Amor, ô Jesu, meus.

EST in templo Dominus;
Angeli stant cominùs:
Nil in cœlis ampliùs.

HABET Deum hominem,
Et parentem Virginem
Cœlo templum ditius.

SPIRANT sacra
gaudium;
Manè sacrificium
Plausus inter redditur.

VESPERTINUM fletibus,
Et amaris quæstibus
In cruce miscebitur.

HÆC jam est oblatio,
Cujus omnes pretio
Deo restituimur.

JAM non nobis dediti,
Tibi, Deus, subditi,
Vivimus & morimur.

NUNC dimitte famulos;
Nil tenet huc oculos;
Da te palam cernere.

SI jubes hic vivere;
Da cum Jesu crescere,
Da per hunc resurgere.
Amen.

℣. Annuntient in Sion nomen Domini.
℟. Et laudem ejus in Jerusalem.

CANTIQUE.

LAuda, filia Sion; jubila, Israel : * lætare;
& exulta in omni corde, filia Jerusalem.

Abstulit Dominus judicium tuum, * avertit inimicos tuos.

Rex Israel Dominus in medio tui, * non timebis malum ultrà.

In die illa dicetur Jerusalem : Noli timere;
* Sion

Sion, non dissolvantur manus tuæ.

Dominus Deus tuus in medio tuî fortis ; * ipse salvabit :

Gaudebit super te in lætitia, silebit in dilectione sua, * exultabit super te in laude.

Gloria Patri, &c.

Ant. Ut perfecerunt pater Jesu & mater omnia secundùm legem Domini, reversi sunt in Galilæam in civitatem suam Nazareth.

O R A I S O N.

O Mnipotens sempiterne Deus, majestatem tuam supplices exoramus ; ut sicut Unigenitus Filius tuus hodiernâ die cum nostræ carnis substantiâ in templo est præsentatus, ita nos facias purificatis tibi mentibus præsentari ; Per eumdem Dominum.

Les Dimanches & les Jeudis depuis la Purification jusqu'au Carême.

O salutaris, &c. *ci-devant, page* 4.

℣. HOmo quidam fecit cœnam magnam, & misit servum suum horâ cœnæ dicere invitatis ut venirent ; * Quia parata sunt omnia. ℣. Venite, comedite panem meum, & bibite vinum quod miscui vobis ; * Quia. Gloria Patri, * Quia.

H Y M N E.

PANGE, linguâ, gloriosi Corporis mysterium, | Sanguinisque pretiosi, Quem in mundi pretium,

B

Fructus ventris gene-
rosi
Rex effudit gentium.
  Nobis datus, no-
bis natus
Ex intacta Virgine,
Et in mundo conver-
satus,
Sparso verbi semi-
ne,
Sui moras incolatus
Miro clausit ordine.
  In supremæ nocte
cœnæ
Recumbens cum fra-
bus ;
Observata lege plenè
Cibis in legalibus,
Cibum turbæ duode-
næ
Se dat suis manibus.
  Verbum caro,
panem verum
Verbo carnem effi-
cit,
Fitque sanguis Christi
merum :
Et si sensus deficit
Ad firmandum cor
sincerum
Sola fides sufficit.
  Tantum ergo
Sacramentum
Veneremur cernui,
Et antiquum docu-
mentum
Novo cedat ritui :
Præstet fides supple-
mentum
Sensuum defectui.
  Genitori, Geni-
toque
Laus & jubilatio
Salus, honor, virtus
quoque
Sit & benedictio :
Procedenti ab utro-
que
Compar sit laudatio.
  Amen.

℣. Edent pauperes & saturabuntur ;
℟. Vivent corda eorum in seculum seculi.

CANTIQUE.

Les Dimanches, Benedictus Dominus Deus
Israel, * quia &c. *comme à la veille de l'Epiphanie.*

Les Jeudis, Magnificat * anima mea Dominum, &c.

Ant. O sacrum convivium in quo Christus
sumitur ; recolitur memoria passionis ejus :
mens impletur gratiâ ; & futuræ gloriæ nobis pignus datur : Alleluia.

L'Oraison, Deus, qui nobis sub sacramento,
comme à l'Avent, page 2.

PENDANT LE CARESME.

O salutaris, &c. *ci-devant, page 1.*

℣. Deus, tu conversus, vivificabis nos.

℟. Et plebs tua lætabitur in te.

Oraison. Deus, qui nobis sub sacramento,
&c. *ci-devant, page 2.*

Pseaume 50.

Miserere meî, Deus, * secundùm magnam misericordiam tuam.

Et secundùm multitudinem miserationum
tuarum * dele iniquitatem meam.

Ampliùs lava me ab iniquitate meâ, * &
à peccato meo munda me ;

Quoniam iniquitatem meam ego cognosco,
* & peccatum meum contra me est semper.

Tibi soli peccavi, & malum coram te feci ;
* ut justificeris in sermonibus tuis, & vincas
cùm judicaris.

Ecce enim in iniquitatibus conceptus sum, *
& in peccatis concepit me mater mea.

Ecce enim veritatem dilexisti : * incerta & occulta sapientiæ tuæ manifestasti mihi.

Asperges me hyssopo, & mundabor : * lavabis me, & super nivem dealbabor.

Auditui meo dabis gaudium & lætitiam ; * & exultabunt ossa humiliata.

Averte faciem tuam à peccatis meis, * & omnes iniquitates meas dele.

Cor mundum crea in me, Deus ; * & spiritum rectum innova in visceribus meis.

Ne projicias me à facie tuâ ; * & Spiritum sanctum tuum ne auferas à me.

Redde mihi lætitiam salutaris tui ; * & Spiritu principali confirma me.

Docebo iniquos vias tuas ; * & impii ad te convertentur.

Libera me de sanguinibus, Deus , Deus salutis meæ ; * & exultabit lingua mea justitiam tuam.

Domine, labia mea aperies ; * & os meum annuntiabit laudem tuam.

Quoniam si voluisses, sacrificium dedissem utique ; * holocaustis non delectaberis.

Sacrificium Deo spiritus contribulatus ; * cor contritum & humiliatum , Deus, non despicies.

Benignè fac, Domine, in bona voluntate tua Sion, * ut ædificentur muri Jerusalem.

Tunc acceptabis sacrificium justitiæ oblationes & holocausta ; * tunc imponent super altare tuum vitulos.   Gloria Patri, &c.

DOmine, non secundùm peccata nostra ; quæ fecimus nos, neque secundùm iniquitates nostras retribuas nobis.

Domine, ne memineris iniquitatum nostrarum antiquarum : citò anticipent nos misericordiæ tuæ ; quia pauperes facti sumus nimis.

Adjuva nos, Deus salutaris noster : & propter gloriam nominis tui, Domine, libera nos ; & propitius esto peccatis nostris propter nomen tuum.

℣. Ostende nobis, Domine, misericordiam tuam.

℟. Et salutare tuum da nobis.

ORAISONS.

DEus, cui proprium est misereri semper, & parcere ; suscipe deprecationem nostram : ut nos, & omnes famulos tuos, quos delictorum catena constringit, miseratio tuæ pietatis clementer absolvat.

EXaudi, quæsumus, Domine, supplicum preces, & confitentium tibi parce peccatis : ut pariter nobis indulgentiam tribuas benignus & pacem.

INeffabilem nobis, Domine, misericordiam tuam clementer ostende : ut simul nos & à peccatis omnibus exuas, & à pœnis, quas pro his meremur eripias. Per Christum.

Panis Angelicus, &c. *comme à l'Avent,* *page* 3.

LE JOUR DE L'ANNONCIATION,
en Carême.

O salutaris, *ci-devant, page* 1.

℟. Beata quæ credidisti, quoniam * Perficientur ea quæ dicta sunt tibi à Domino. ℣. Non est Deus, quasi homo, ut mentiatur. Dixit ergo, & non faciet ? locutus est, & non implebit. * Perficientur. Gloria Patri, &c. * Perficientur.

PROSE.

Humani generis
Cessent suspiria :
Beata miseris
Affert hic nuntia
Dies mortalibus.

Unius scelere
Cuncti cecidimus ;
Lapsos erigere
Venit Altissimus
De cœli sedibus.

Delectæ Virgini
Quæ Deum pariat
Angelus Domini
Salutis nuntiat
Nostræ mysterium.

O beatissima
Præ mulieribus,
Virgo castissima,
Deum visceribus

Suscipe filium.

Virtute Spiritus
In sinu Virginis,
Innocens penitus
A labe criminis
Caro compingitur.

Per hanc infantibus
Lactescit teneris
Ille qui mentibus
Panis à superis
In cœlis editur.

Quod sine tempore
De Patre nascitur,
Mortali corpore
Verbum induitur,
Ut salvet hominem.

Corpus hoc offeret
In sacrificium ;
Servos ut liberet,

Totum, in pretium
Effundet fanguinem.

ERRABAM devius
Exul à patria;
Semitæ nefcius,
Ad vera gaudia
Per quam regrediar.
IN mea Dominus
Venit exilia,
Viæque terminus
Ipfe fit, & via;
Tutus hac gradiar.

O veritas latens
Sub velo corporis,
Sed oculis patens
Mundati pectoris,
Tu nos illumina.
ET tu pro miferis
Supplica numini,
Quæ te dum afferis
Ancillam Domini,
Fis mundi Domina.
Amen.

v. Quid eft homo, quod memor es ejus?
℟. Aut filius hominis, quoniam vifitas eum?

CANTIQUE.

QUam pulcri fuper montes * pedes annuntiantis & prædicantis pacem;

Annuntiantis bonum, prædicantis falutem * dicentis Sion : Regnabit Deus tuus!

Vox fpeculatorum tuorum : * levaverunt vocem, fimul laudabunt :

Quia oculo ad oculum videbunt, * cum converterit Dominus Sion.

Gaudete & laudate fimul, deferta Jerufalem ; * quia confolatus eft Dominus populum fuum, redemit Jerufalem.

Paravit Dominus brachium fanctum fuum * in oculis omnium gentium.

Et videbunt omnes fines terræ * falutare Dei noftri.

Gloria Patri, &c.

Ant. Visitavit nos Oriens ex alto, illuminare his qui in tenebris, & in umbra mortis sedent.

ORAISON.

DEus, qui de beatæ Mariæ virginis utero Verbum tuum, Angelo nuntiante, carnem suscipere voluisti : præsta supplicibus tuis, ut qui verè eam genitricem Dei credimus, ejus apud te intercessionibus adjuvemur ; Per eumdem Dominum.

LE JOUR DE L'ANNONCIATION,

après Pâques.

Le Salut est le même qu'en Carême ; excepté qu'au lieu de la Prose on chante l'Hymne suivante.

HYMNE.

AVE maris stella,
Dei mater alma,
Atque semper virgo,
Felix cœli porta.

SUMENS illud Ave
Gabrielis ore,
Funda nos in pace,
Mutans Evæ nomen.

SOLVE vincla reis,
Profer lumen cæcis,
Mala nostra pelle,
Bona cuncta posce.

MONSTRA te esse
Matrem,
Sumat per te preces ;
Qui pro nobis natus,
Tulit esse tuus.

VIRGO singularis,
Inter omnes mitis,
Nos culpis solutos,
Mites fac & castos.

VITAM præsta puram,
Iter para tutum,

Ut

Ut videntes Jesum,	Summo Chisto decus,
Semper collætemur.	Spiritui sancto,
Sit laus Deo Pa-	Tribus honor unus.
tri,	Amen.

LE SAINT JOUR DE PASQUE.

O *salutaris*, *seulement*, *sans* Uni Trinoque.

℟. E Go sum Alpha & Omega, Principium & Finis, dicit Dominus Deus, qui est & qui erat, & qui venturus est, omnipotens. Ego sum primus, & novissimus ; & vivus, & fui mortuus ; & ecce sum vivens in secula seculorum, & habeo claves mortis, & inferni. * Qui vicerit, scribam super eum nomen civitatis Dei mei, novæ Jérusalem, quæ descendit de cœlo à Deo meo, & nomen meum novum, alleluia. ℣. Qui habet aurem, audiat quid Spiritus dicat Ecclesiis. * Qui vicerit.

Les Clercs. Alleluia , Alleluia , Alleluia.

Le Chœur répete , ainsi qu'à la fin de chaque Strophe , trois fois Alleluia.

Les Clercs. O Filii & filiæ,
Rex cœlestis, Rex gloriæ,
Morte surrexit hodie ,   Alleluia.
Et Maria Magdalene,
Et Jacobi, & Salome,
Venerunt corpus ungere.   Alleluia.
A Magdalena moniti,

C

Ad oſtium monumenti,
Duo currunt Diſcipuli. Alleluia.
  S E D Joannes Apoſtolus
Cucurrit Petro citiùs,
Ad ſepulcrum venit priùs. Alleluia.
  I N albis ſedens Angelus,
Reſpondit mulieribus,
Quia ſurrexit Dominus. Alleluia.
  D I S C I P U L I S aſtantibus,
In medio ſtetit Chriſtus,
Dicens : Pax vobis omnibus. Alleluia.
  P O S T Q U A M audivit Didymus
Quia ſurrexerat Jeſus,
Remanſit fide dubius. Alleluia.
  V I D E , Thoma , vide latus,
Vide pedes, vide manus ,
Noli eſſe incredulus. Alleluia.
  Q U A N D O Thomas Chriſti latus ,
Pedes vidit atque manus ,
Dixit : Tu es Deus meus. Alleluia.
  B E A T I qui non viderunt ,
Et firmiter crediderunt :
Vitam æternam habebunt. Alleluia.
  I N hoc feſto ſanctiſſimo
Sit laus & jubilatio :
Benedicamus Domino. Alleluia.
  De quibus nos humillimas ,
Devotas atque debitas
Deo dicamus gratias. Alleluia.
Alleluia, Alleluia, Alleluia.
℣. Surrexit Dominus verè. ℞. Et apparuit.

ORAISON.

DEus, qui hodiernâ die per Unigenitum tuum æternitatis nobis aditum, devictâ morte, reserasti : vota nostra, quæ præveniendo aspiras, etiam adjuvando prosequere ; Per.

Les Dimanches & Jeudis d'après Pâque.

O salutaris, *seulement*, *sans* Uni Trinoque. *ci-devant*, *page* 4.

℟. Immolabit agnum multitudo filiorum Israel ad vesperam Paschæ ; Et edent carnes & azimos panes : * Quicumque comederit fermentatum, peribit. Alleluia, alleluia.

℣. Pascha nostrum immolatus est Christus : itaque epulemur in azimis sinceritatis & veritatis. * Quicumque. Gloria. * Quicumque.

HYMNE.

AURORA lucis dum novæ
Spargit polum fulgoribus ;
Victoris Agni jubilans
Orbis triumphos personet.

FUSO Redemptor sanguine
Piavit orbis crimina ;
Scissoque sanctuarium
Patere dat velamine.

GRANUM solo reconditum
Iners manere non potest ;
Vix mortuum jam germinat :
Hinc quanta pullulat seges.

NON destruuntur funere,
Sed seminantur corpora :
Fecit resurgendi viam

Surgens ab inferis Deus.

Affixa cum Christo cruci,

Christo caro commortua,

Et ipsa surget splendidis

Christi decora dotibus.

Da, Christe, nos tecum mori;

Tecum simul da surgere:

Terrena da contemnere;

Amare da cœlestia.

Sit laus Patri, laus Filio,

Qui nos, triumphata nece,

Ad astra secum dux vocat:

Compar tibi laus, Spiritus.

Amen.

℣. Omnis terra adoret te, & psallat tibi.

℟. Psalmum dicat nomini tuo, Domine.

CANTIQUE.

BEnedictus es, Domine, Deus Israel Patris nostri, * ab æterno in æternum.

Tua est, Domine, magnificentia, & potentia, & gloria, atque victoria; * & tibi laus.

Cuncta enim quæ in cœlo sunt & in terra, * tua sunt.

Tuum, Domine, regnum; * & tu es super omnes principes.

Tuæ divitiæ, & tua est gloria: * tu dominaris omnium.

In manu tua virtus & potentia: * in manu tua magnitudo, & imperium omnium.

Nunc igitur, Deus noster, confitemur tibi, * & laudamus nomen tuum inclitum.

Gloria Patri, &c.

Ant. Dignus est Agnus qui occisus est, accipere virtutem, & divinitatem, & sapientiam, & fortitudinem, & honorem, & gloriam, & benedictionem, alleluia.

Oremus.

DEus, qui pro nobis Filium tuum crucis patibulum subire voluisti, ut inimici à nobis expelleres potestatem : concede nobis famulis tuis, ut resurrectionis gratiam consequamur. Per eumdem Dominum.

AVE verum corpus natum de Maria Virgine :

Verè passum, immolatum in cruce pro homine :

Cujus latus perforatum, unda fluxit cum sanguine :

Esto nobis præguftatum mortis in examine.

O Jesu dulcis,

O Jesu pie,

O Jesu, Fili Mariæ, tu nobis miserere.

Amen.

LE JOUR DE L'ASCENSION.

O salutaris, *seulement, sans* Uni Trinoque. *ci-devant, page* 4.

℟. Ascendit Deus in jubilo : * Psallite Deo nostro, psallite Regi nostro ; quoniam Rex omnis terræ Deus, alleluia, alleluia. ℣. Dominus Jesus assumptus est in cœlum, & sedet à dextris Dei. * Psallite. Gloria. * Psallite.

HYMNE.

JEsu noftra redem-
   ptio,
Amor & defiderium,
Deus creator omnium,
Homo in fine tempo-
   rum :
   QUÆ te vicit cle-
mentia ,
Ut ferres noftra crimi-
na ,
Crudelem mortem pa-
tiens ,
Ut nos à morte tolle-
res ?
   INFERNI clauftra
penetrans ;
Tuos captivos redi-
mens ,
Victor triumpho no-
bili,
Ad dextram Patris
refidens.
   IPSA te cogat pietas
Ut mala noftra fuperes
Parcendo , & voti
compotes
Nos tuo vultu faties.
   TU efto noftrum
gaudium ,
Qui es futurus præ-
mium :
Sit noftra in te gloria
Per cuncta femper fe-
cula.   Amen.

℣. Dominus in cœlo paravit fedem fuam ;
℟. Et regnum ipfius omnibus dominabitur.

CANTIQUE.

BEnedictus es, Domine Deus patrum nof-
trorum ; * & laudabilis , & gloriofus, &
fuperexaltatus in fæcula :

Et benedictum nomen gloriæ tuæ fanctum ;
* & laudabile, & fuperexaltatum in omnibus
feculis.

Benedictus es in templo fancto gloriæ tuæ ;
* & fuperlaudabilis , & fupergloriofus in fe-
cula.

Benedictus es in throno regni tui ; * & fuperlaudabilis, & superexaltatus in secula.

Benedictus es, qui intueris abyssos, & sedes super Cherubim ; * & laudabilis, & superexaltatus in secula.

Benedictus es in firmamento cœli ; * & laudabilis, & gloriosus in secula.

Gloria Patri, &c.

Ant. Christus Jesus mortuus est, & resurrexit, qui est ad dexteram Dei, qui etiam interpellat pro nobis, alleluia.

ORAISON.

COncede, quæsumus, omnipotens Deus, ut qui hodiernâ die Unigenitum tuum Redemptorem nostrum ad cœlos ascendisse credimus ; ipsi quoque mente in cœlestibus habitemus ; Per eumdem Dominum.

Le Dimanche dans l'Octave de l'Ascension.

DEus, cujus Filius in alta cœlorum potenter ascendens, captivitatem nostram suâ duxit virtute captivam : tribue, quæsumus, ut dona quæ discipulis suis contulit, largiatur & nobis ; Qui tecum vivit & regnat.

LE SAINT JOUR
DE LA PENTECOSTE.

℞. QUI servat mandata Dei, in illo manet, & ipse in eo; * Et in hoc scimus quoniam manet in nobis, de Spiritu quem dedit nobis, alleluia, alleluia. ℣. Deus creavit sapientiam in Spiritu sancto, & effudit illam super omnem carnem, & præbuit illam diligentibus se; * Et in hoc. Gloria. * Et in hoc.

HYMNE.

VENI, Creator Spiritus,
Mentes tuorum visita,
Imple supernâ gratiâ
Quæ tu creasti pectora.

QUI Paracletus diceris,
Donum Dei altissimi,
Fons vivus, ignis, caritas,
Et spiritalis unctio.

TU septiformis munere,
Dextræ Dei tu digitus,
Tu ritè promissum Patris,
Sermone ditans guttura.

ACCENDE lumen sensibus,
Infunde amorem cordibus,
Infirma nostri corporis
Virtute firmans perpeti.

HOSTEM repellas longiùs,
Pacemqne dones protinus;
Ductore sic te prævio,
Vitemus omne noxium

PER te sciamus da Patrem,

Noſcamus atque Fi- | laus Filio :
lium , | Par ſit tibi laus , Spi-
Te utriuſque Spiri- | ritus ,
tum | Afflante quo mentes
Credamus omni tem- | ſacris
pore. | Lucent & ardent igni-
   S i t laus Patri , | bus. Amen.

℣. Dominus dabit verbum evangelizantibus.
℞. Virtute multâ.

Cantique.

HYmnum cantemus Domino : * hymnum novum cantemus Deo noſtro.

Adonaï Domine, magnus es tu, & præclarus in virtute tua, * & quem ſuperare nemo poteſt.

Tibi ſerviat omnis creatura tua ; * quia dixiſti, & facta ſunt.

Miſiſti Spiritum tuum, & creata ſunt ; * & non eſt qui reſiſtat voci tuæ.

Montes à fundamentis movebuntur cum aquis : * petræ ſicut cera liqueſcent ante faciem tuam.

Qui autem timent te, * magni erunt apud te per omnia. Gloria Patri.

Ant. Non hi ſicut vos æſtimatis, ebrii ſunt ; ſed hoc eſt, quod dictum eſt per Prophetam : Effundam de ſpiritu meo ſuper omnem carnem, alleluia.

Oraison.

DEus, qui hodierna die corda fidelium ſancti Spiritûs illuſtratione docuiſti : da

nobis in eodem Spiritu recta sapere, & de ejus
semper consolatione gaudere ; Per Dominum
.... in unitate ejusdem Spiritûs.

LE JOUR

DE LA SAINTE TRINITÉ.

O *salutaris*, &c. *ci-devant* page 4.

℟. Seraphim clamabant alter ad alterum :
* Sanctus, Sanctus, Sanctus Dominus Deus
exercituum : † Plena est omnis terra gloriâ
ejus. ℣. Tres sunt qui testimonium dant in cœlo, Pater, Verbum, & Spiritus sanctus ; & hi
tres unum sunt : *Sanctus. Gloria. † Plena est.

HYMNE.

O Luce quæ tua lates,
Beata semper Trinitas;
Te confitemur, credi-
mus,
Pioque corde quæri-
mus.
   O sancte sanctorum
Pater,
O nate de Deo Deus,
O caritatis vinculum
Jungens   utrumque
Spiritus.
   Ut se videt totum
Pater,
Cœva proles nasci-
tur;
Amorque quo se dili-
gunt
Et ipse procedit Deus.
   Est totus in Nato
Pater,
In Patre totus Filius;
Natoque plenus ac Pa-
tre
Inest utrique Spiritus.
   Quod Natus est,
hoc Spiritus;
Hoc est uterque quod
Pater;

Tres una summa Ve-
ritas,
Tres una summa cari-
tas.
 ÆTERNA Patri
gloria,

Natoque sit cum Spi-
ritu,
Qui vivit & regnat
Deus
In seculorum secula.
 Amen

℣. Quis loquetur potentias Domini ?
℞. Auditas faciet omnes laudes ejus,

CANTIQUE.

COllaudate canticum, * & henedicite Dominum in operibus suis.

Date nomini ejus magnificentiam, * &
confitemini illi in voce labiorum vestrorum, &
in canticis labiorum, & citharis;

Et sic dicetis in confessione : * opera Domini universa bona valde.

In verbo ejus stetit aqua sicut congeries : *
& in sermone oris illius sicut exceptoria aqua-
rum;

Quoniam in præcepto ipsius placor fit, * &
non est minoratio in salute ipsius.

Opera omnis carnis coram illo, * & non est
quidquam absconditum ab oculis eju.

A seculo usque in seculum respicit, * & nihil est mirabile in conspectu ejus.

Gloria Patri, &c.

Ant. Benedictum, Domine, nomen gloriæ
tuæ sanctum ; & laudabile, & superexaltatum
in omnibus seculis.

ORAISON.

OMnipotens sempiterne Deus, qui dedisti famulis tuis in confessione veræ fidei, æternæ Trinitatis gloriam agnoscere, & in potentia majestatis, adorare Unitatem : quæsumus, ut ejusdem fidei firmitate, ab omnibus semper muniamur adversis. Per Dominum.

LA FESTE
DU SAINT SACREMENT,
ET PENDANT L'OCTAVE.

℟. UNus panis & unum corpus multi sumus, * Omnes qui de uno pane & de uno calice participamus. ℣. Parasti in dulcedine tua pauperi, Deus, qui habitare facis unanimes in domo, * Omnes qui de uno pane. Gloria Patri. * Omnes.

HYMNE.

VERBUM supernum prodiens,
Nec Patris linquens dexteram,
Ad opus suum exiens,
Venit ad vitæ vesperam.

IN mortem à discipulo
Suis tradendus æmulis,
Priùs in vitæ ferculo
Se tradidit discipulis.

QUIBUS sub bina specie
Carnem dedit & sanguinem ;
Ut duplicis substantiæ
Totum cibaret hominem.

SE nascens dedit socium,

Convefcens in edu-
lium :
Se moriens in pretium,
Se regnans dat in præ-
mium.

O SALUTARIS
Hoftia ,
Quæ cœli pandis of-
tium ;
Bella premunt hofti-
lia ,

Da robur, fer auxi-
lium.

Q U I carne nos
pafcis tuâ ,
Sit laus tibi , Paftor
bone ,
Cum Patre cumque
Spiritu ,
In fempiterna fecula.
Amen.

℣. Edent pauperes, & laudabunt Dominum :
℟. Vivent corda eorum in feculum feculi.

CANTIQUE.

SApientia ædificavit fibi domum , * excidit
columnas feptem.

Immolavit victimas fuas , * mifcuit vinum ,
& propofuit menfam fuam.

Mifit ancillas fuas ut vocarent ad arcem , *
& ad mœnia civitatis.

Si quis eft parvulus, veniat ad me ; * &
infipientibus locuta eft :

Venite, comedite panem meum , * & bibite vinum quod mifcui vobis.

Relinquite infantiam , & vivite , * & ambu-
late per vias prudentiæ.

Principium fapientiæ timor Domini , * &
fcientia fanctorum prudentia.

Per me enim multiplicabuntur dies tui , *
& addentur tibi anni vitæ.

Gloria Patri, &c.

Ant. Quotiefcumque manducabitis panem hunc, & calicem bibetis, mortem Domini annuntiabitis donec veniat.

L'Oraifon Deus, qui nobis, &c. *comme à l'Avent, page* 2.

LE VENDREDI.

℟. Immolabit agnum multitudo filiorum Ifrael ad vefperam Pafchæ; & edent carnes & azymos panes : * Quicumque comederit fermentatum, peribit. ℣. Pafcha nõftrum immolatus eft Chriftus : itaque epulemur in azymis finceritatis & veritatis : * Quicumque. Gloria. * Quicumque.

L'Hymne Verbum fupernum, *ci-devant, page* 36.

Cantique Sapientia, *comme au jour de la Fête, page* 37.

Ant. Quotiefcumque. *ci-deffus.*

ORAISON.

TRibue nobis, Domine Deus, ut qui Jefum Chriftum, pro nobis natum de Virgine, & in cruce paffum, fub facramento præfentem effe credimus & confitemur, ex hoc divino fonte hauriamus finceræ devotionis affectum ; Per eumdem.

LE SAMEDY.

Les Laudes du Dimanche servent de Salut ; ainsi qu'il suit.

Deus in adjutorium, &c.

Ant. Dixit Jesus.

Pseaume 62.

DEus, Deus meus, * ad te de luce vigilo.

Sitivit in te anima mea, quam multipliciter tibi caro mea * in terra deserta, & invia, & inaquosa.

Sic in sancto apparui tibi, * ut viderem virtutem tuam & gloriam tuam.

Quoniam melior est misericordia tua super vitas, * labia mea laudabunt te.

Sic benedicam te in vita mea, * & in nomine tuo levabo manus meas.

Sicut adipe & pinguedine repleatur anima mea, * & labiis exultationis laudabit os meum.

Si memor fui tui super stratum meum, * in matutinis meditabor in te.

Quia fuisti adjutor meus, * & in velamento alarum tuarum exultabo.

Adhæsit anima mea post te ; * me suscepit dextera tua.

Ipsi verò in vanum quæsierunt animam meam, * introibunt in inferiora terræ :

Tradentur in manus gladii, * partes vulpium erunt.

Rex verò lætabitur Deo, laudabuntur omnes qui jurant in eo ; * quia obftructum eft os loquentium iniqua.

Gloria Patri, &c.

Ant. Dixit Jefus : Panis Dei eft, qui de cœlo defcendit, & dat vitam mundo.

Ant. Amen, amen dico vobis.

Pfeaume 69.

Deus, in adjutorium meum intende : * Domine, ad adjuvandum me feftina.

Confundantur, & revereantur, * qui quærunt animam meam.

Avertantur retrorsùm, & erubefcant, * qui volunt mihi mala.

Avertantur ftatim erubefcentes, * qui dicunt mihi : Euge, euge.

Exultent & lætentur in te omnes qui quærunt te ; * & dicant femper : Magnificetur Dominus, qui diligunt falutare tuum.

Ego verò egenus & pauper fum : * Deus, adjuva me.

Adjutor meus & liberator meus es tu : * Domine, ne moreris.

Gloria Patri, &c.

Ant. Amen, amen dico vobis : Ego fum panis vivus, qui de cœlo defcendi.

Ant. Nifi manducaveritis.

Pfeaume 99.

Jubilate Deo, omnis terra, * fervite Domino in lætitia.

Introite in confpectu ejus * in exultatione.

Scitote

Scitote quoniam Dominus ipse est Deus : *
ipse fecit nos, & non ipsi nos.

Populus ejus, & oves pascuæ ejus, introite
portas ejus in confessione, atria ejus in hymnis : * confitemini illi.

Laudate nomen ejus, * quoniam suavis est
Dominus.

In æternum misericordia ejus, * & usque in
generationem & generationem veritas ejus.

Gloria Patri, &c.

Ant. Nisi manducaveritis carnem Filii hominis, & biberitis ejus sanguinem, non habe-
bitis vitam in vobis.

Cant. Sapientia. *ci devant, page* 37.

Ant. Qui manducat meam carnem, & bibit
meum sanguinem, habet vitam æternam.

Ant. Qui manducat & bibit.

Pseaume 148.

LAudate Dominum de cœlis ; * laudate
eum in excelsis.

Laudate eum, omnes Angeli ejus : * laudate eum, omnes virtutes ejus.

Laudate eum, sol & luna : * laudate eum,
omnes stellæ & lumen.

Laudate eum, cœli cœlorum ; * & aquæ
omnes quæ super cælos sunt laudent nomen
Domini ;

Quia ipse dixit, & facta sunt ; * ipse man-
davit, & creata sunt.

Statuit ea in æternum, & in secul m seculi : * præceptum posuit, & non præteribit.

D

Laudate Dominum de terra ; * dracones ; & omnes abyſſi ;

Ignis, grando, nix, glacies, ſpiritus procellarum , * quæ faciunt verbum ejus ;

Montes, & omnes colles ; * ligna fructiſera, & omnes cedri ;

Beſtiæ, & univerſa pecora ; * ſerpentes, & volucres pennatæ ;

Reges terræ, & omnes populi ; * Principes, & omnes judices terræ ;

Juvenes, & virgines, ſenes cum junioribus, laudent nomen Domini, * quia exaltatum eſt nomen ejus ſolius.

Confeſſio ejus ſuper cœlum & terram ; * & exaltavit cornu populi ſui.

Hymnus omnibus Sanctis ejus, * filiis Iſrael, populo appropinquanti ſibi. Gloria.

Ant. Qui manducat & bibit indignè, judicium ſibi manducat & bibit, non dijudicans corpus Domini.

CAPITULE.

QUicumque manducaverit panem hunc, vel biberit calicem Domini indignè, reus erit corporis & ſanguinis Domini. Probet autem ſeipſum homo, & ſic de pane illo edat, & de calice bibat. ℞. Deo gratias.

Hymne Verbum ſupernum. *ci-devant, p.* 36.

℣. Edent pauperes, & ſaturabuntur.

℟. Vivent corda eorum in ſeculum ſeculi.

Cantique Benedictus, *comme à la veille de l'Epiphanie, ci-devant, page* 10.

Ant. Domine, factum est ut imperasti, &
adhuc locus est. Et ait dominus servo : Exi in
vias, & sepes, & compelle intrare, ut implea-
tur domus mea.

ORAISON.

DEus, qui Ecclesiam tuam pretioso corpore & sanguine tuo mirabiliter reficis :
infunde in eam spiritum vivificantem, ut cœlestis participatione mysterii, de te vivens in
terris, tecum vivere mereatur in cœlis : Qui
vivis..... in unitate ejusdem Spiritus sancti, &c.

LE DIMANCHE DANS L'OCTAVE.

℞. Homo quidam fecit cœnam, &c. *comme aux Dimanches & Jeudis depuis la Purification jusqu'au Carême, ci-devant, page* 17.

Le reste comme au jour de la Fête, page 36.
excepté ce qui suit.

ORAISON.

EXultantes in conspectu tuo, Domine, &
te Salvatorem nostrum in hoc Sacramento adorantes ; quæsumus, ut quibus corpus &
sanguinem tuum in alimoniam tribuisti, per
eadem mysteria salutem impertiri digneris :
Qui vivis.

LE LUNDI.

℞. Respexit Elias, & ecce ad caput suum
subcinericius panis, & vas aquæ comedit : ergo
& bibit, & ambulavit usque ad montem Dei
* In fortitudine cibi illius. ℣. Si quis mandu-

caverit ex hoc pane, vivet in æternum, * In fortitudine. Gloria. * In fortitudine.

Le reste comme au jour de la Fête, page 36. excepté ce qui suit.

ORAISON.

DA nobis, quæsumus, omnipotens Deus, Agnum, qui pro nobis occisus est, in Sacramento latentem dignis laudibus celebrare ; ut eumdem in gloria manifestum contemplari mereamur ; Qui tecum vivit, &c.

LE MARDI.

℟. Cœnantibus discipulis, accepit Jesus panem, & * Benedixit, ac fregit, deditque eis, & ait : Accipite, & comedite, hoc est corpus meum. ℣. Panem cœli dedit eis : panem Angelorum manducavit homo. * Benedixit. Gloria. * Benedixit.

Le reste comme au jour de la Fête, page 36. excepté ce qui suit.

ORAISON.

DEus, qui nobis panem de cœlo verum dedisti, ut si quis ex ipso manducaverit, non moriatur : præsta, quæsumus, ut spiritualis alimenti virtute, & anima semper in te vivat, & corpus in novissimo die gloriosum resurgat ; Per eumdem Christum.

LE MERCREDI.

Les Laudes du jour de l'Octave servent de Salut, comme ci-après.

Deus in adjutorïum, &c.

Les Antiennes comme au jour de la Fête; page 36. *& suivantes.*

Pseaume 80.

EXultate Deo adjutori noftro : * jubilate Deo Jacob.

Sumite pfalmum, & date tympanum, * pfalterium jucundum cum cithara.

Buccinate in Neomenia tubâ, * in infigni die folemnitatis veftræ ;

Quia præceptum in Ifrael eft, * & judicium Deo Jacob.

Teftimonium in Jofeph pofuit illud, cùm exiret de terra Ægypti : * linguam quam non noverat, audivit.

Divertit ab oneribus dorfum ejus : * manus ejus in cophino fervierunt.

In tribulatione invocafti me, & liberavi te : * exaudivi te in abfcondito tempeftatis : probavi te apud aquam contradictionis.

Audi, populus meus, & conteftabor te : * Ifrael, fi audieris me, non erit in te deus recens, neque adorabis deum alienum.

Ego enim fum Dominus Deus tuus, qui eduxi te de terra Ægypti : * dilata os tuum, & implebo illud.

Et non audivit populus meus vocem meam :
* & Israel non intendit mihi.

Et dimisi eos secundùm desideria cordis
eorum : * ibunt in adinventionibus suis.

Si populus meus audisset me ; * Israel si in
viis meis ambulasset,

Pro nihilo forsitan inimicos eorum humi-
liassem , * & super tribulantes eos misissem
manum meam.

Inimici Domini mentiti sunt ei ; * & erit
tempus eorum in secula.

Et cibavit eos ex adipe frumenti ; * & de
petra, melle saturavit eos.

Gloria Patri, &c.

Pseaume 107.

PAratum cor meum, Deus, paratum cor
meum : * cantabo & psallam in gloria
mea.

Exurge, gloria mea ; exurge, psalterium &
cithara : * exurgam diluculo.

Confitebor tibi in populis , Domine, * &
psallam tibi in nationibus ;

Quia magna est super cœlos misericordia
tua , * & usque ad nubes veritas tua.

Exaltare super cœlos, Deus, * & super
omnem terram gloria tua ;

Ut liberentur dilecti tui : * salvum fac dex-
terâ tuâ, & exaudi me.

Gloria Patri, &c.

Division du Pseaume 107.

DEus locutus est in sancto suo : * exultabo, & dividam Sichimam, & convallem tabernaculorum dimetiar.

Meus est Galaad, & meus est Manasses ; * & Ephraim susceptio capitis mei.

Juda rex meus : * Moab lebes spei meæ.

In Idumæam extendam calceamentum meum : * mihi alienigenæ amici facti sunt.

Quis deducet me in civitatem munitam ? * quis deducet me usque in Idumæam ?

Nonne tu, Deus, qui repulisti nos ? * & non exibis, Deus, in virtutibus nostris ?

Da nobis auxilium de tribulatione, * quia vana salus hominis.

In Deo faciemus virtutem : * & ipse ad nihilum deducet inimicos nostros.

Gloria Patri, &c.

Le Cantique Sapientia, *comme au jour de la Fête, ci-devant, page* 37.

Pseaume 147.

LAuda, Jerusalem, Dominum : * lauda Deum tuum, Sion ;

Quoniam confortavit seras portarum tuarum, * benedixit filiis tuis in te ;

Qui posuit fines tuos pacem, * & adipe frumenti satiat te ;

Qui emittit eloquium suum terræ, * velociter currit sermo ejus ;

Qui dat nivem sicut lanam, * nebulam sicut cinerem spargit.

Mittit cryſtallum ſuam ſicut buccellas : *
ante faciem frigoris ejus quis ſuſtinebit ?

Emittet verbum ſuum, & liquefaciet ea : *
flabit ſpiritus ejus, & fluent aquæ.

Qui annuntiat verbum ſuum Jacob, * juſti-
tias & judicia ſua Iſrael.

Non fecit taliter omni nationi, * & judicia
ſua non manifeſtavit eis.

Gloria Patri, &c.

*Le reſte comme le jour de la Fête, page 36.
excepté l'Oraiſon ſuivante.*

ORAISON.

DEus, qui magno miſericordiæ tuæ munere docuiſti nos redemptionis noſtræ
ſacrificium celebrare, ſicut obtulit pontifex
noſter Jeſus Chriſtus in terris : da nobis, quæ-
ſumus, ut ſanctificati per oblationem corporis
& ſanguinis ejus, cum ipſo mereamur in ſem-
piternum conſummari ; Qui tecum vivit.

*Enſuite on fait les memoires des Saints, s'il y
en a. Puis on dit Benedicamus Domino, &c
& on donne la bénédiction du S. Sacrement.*

LE JEUDI.

*Le Salut eſt le même que le jour de la Fête,
page 36. excepté l'Oraiſon ſuivante.*

COrda noſtra, Domine, fidei lumine col-
luſtra, & caritatis igne ſuccende ; ut,
quem in hoc Sacramento Deum ac Dominum
noſtrum agnoſcimus, in ſpiritu & veritate tre-
mentes adoremus ; Qui tecum vivit.

Les

Les Dimanches & Jeudis depuis l'Octave de
la Fête-Dieu jusqu'à l'Avent, le Salut est com-
ci-devant depuis la Purification jusqu'au Carême, page 10. excepté qu'on dit le Cantique Sapientia ædificavit, &c. ci-devant, page 37.
& l'Oraison propre pour chaque mois, comme
il suit.

Le mois de Juin, *l'Oraison* Deus, qui nobis,
&c. *ci-devant, page* 2.

Le mois de Juillet, *celle marquée pour le
Vendredi dans l'Octave, page* 38.

Le mois d'Août, *celle marquée pour le Dimanche dans l'Octave, page* 43.

Le mois de Septembre, *celle marquée pour
le Lundi dans l'Octave, page* 44.

Le mois d'Octobre, *celle marquée pour le
Mardi dans l'Octave, page* 44.

Le mois de Novembre, *celle marquée pour
le Jeudi de l'Octave, page* 48.

E

PROPRE DES SAINTS.

Le XXIV. Juin.
LA FESTE DE SAINT JEAN-BAPTISTE.

Si elle vient le Dimanche, ou le Jeudi.

O salutaris, &c. ℣. ℟. & *Oraison, comme
à l'Avent, page* 1.

℟. Qui misit me, ille mihi dixit : * Super
quem videris Spiritum descendentem, & ma-
nentem super eum, † Hic est qui baptizat in
Spiritu sancto. ℣. Dominus formans me ex
utero servum sibi, ut reducam Jacob ad eum,
factus est fortitudo mea ; & dixit ; * Super.
Gloria. † Hic.

HYMNE.

NUNC suis tan-
dem novus è
latébris
Prodit Elias, populif-
que Christum
Clamat , exprobrans
sua viperinæ
Crimina proli.
EN Deus judex,
Deus en propinquat
Ventilans fruges : su-
peris recondet

Triticum cellis , pa-
leasque diros
Tradet in ignes.
HUJUS adventu
rigidum superbi
Deprimant montes ca-
put : erigantur
Vallium passim cava :
corrigantur
Prava viarum.
SANCTE Præcur-
sor, date præco lucis,

Excitet somno tua vox inertes ,
Ut graves olim fugiamus Agni
   Vindicis iras.
  SUMMA laus Patri, genitoque Verbo :

Æquus amborum sit honos Amori ;
Qui sacrum Christi pugilem potenter
   Ungit & armat.
  Amen.

℣. Docebo iniquos vias tuas ,

℟. Et impii ad te convertentur.

CANTIQUE.

SUper montem excelsum ascende tu , * qui evangelizas Sion.

Exalta in fortitudine vocem tuam , * qui evangelizas Jerusalem.

Exalta, noli timere ; * dic civitatibus Juda, Ecce Deus vester :

Ecce Dominus Deus in fortitude veniet , * & brachium ejus dominabitur :

Ecce merces ejus cum eo , * & opus illius coram illo.

Sicut pastor gregem suum pascet : * in brachio suo congregabit agnos , & in sinu suo levabit, fœtas ipse portabit.

Gloria Patri , &c.

Ant. A diebus Joannis Baptistæ regnum cœlorum vim patitur ; & violenti rapiunt illud.

ORAISON.

DEus, qui præsentem diem honorabilem nobis in beati Joannis Nativitate fecisti : da populis tuis spiritualium gratiam gaudio-

rum, & omnium fidelium mentes dirige in
viam salutis æternæ: Per Dominum.

Le XXIX. Juin.

LE JOUR DE S. PIERRE ET S. PAUL.

O salutaris, &c. ℣. ℟. *& Oraison, comme
à l'Avent, page* 1.

℟. Dicit Jesus discipulis : Quem me esse
dicitis ? * Respondens Petrus, dixit : Tu es
Christus Filius Dei vivi. ℣. Quis ascendit in
cœlum, atque descendit ? Quod nomen est
ejus, & quod nomen Filii ejus, si nosti ? *
Respondens. Gloria. * Respondens.

HYMNE.

JAM nil Hebræis, Gentium plebs, invide ;
Dignata eisdem, fausta plebs, honoribus :
Ovile summus Pastor expandit suum,
Novusque primo grex adunaris gregi.

PROMISSA Patrum, Christe, natus exequi,
De stirpe Jacob quæris amissas oves ;
Petrumque, primo quem locavisti gradu,
Tanto labori sufficis vicarium.

DIVINA Gentes at simul clementia
Respectat, illis, Paule, Doctor mitteris :
Arcana profers tu Dei mysteria ;
Tu christianæ præco fulges gratiæ.

UTRIMQUE fervet uberi fructu labor :
Judæus, an sis barbarus, nil interest :
Diversa quamquam sors duobus obtigit,
Par universi cura succendit gregis,

Sit sempiterno sempiterna laus Patri ;
Petro supernus quem revelavit Pater,
Æterne Fili, laus tibi sit maxima :
Sit par supremo laus decusque Flamini. Amen.

℣. Constitues eos principes super omnem terram.

℞. Memores erunt nominis tui.

Pour Cantique, Pseaume 46.

OMnes gentes, plaudite manibus : * jubilate Deo in voce exultationis ;

Quoniam Dominus excelsus, terribilis : * Rex magnus super omnem terram.

Subjecit populos nobis, * & gentes sub pedibus nostris.

Elegit nobis hereditatem suam, * speciem Jacob quam dilexit.

Ascendit Deus in jubilo, * & Dominus in voce tubæ.

Psallite Deo nostro, psallite; * psallite Regi nostro, psallite.

Quoniam Rex omnis terræ Deus , * psallite sapienter.

Regnabit Deus super gentes : * Deus sedet super sedem sanctam suam.

Principes populorum congregati sunt cum Deo Abraham ; * quoniam Dii fortes terræ vehementer elevati sunt. Gloria Patri, &c.

Ant. Dei sumus adjutores : nemo glorietur in hominibus ; omnia enim vestra sunt, sive Paulus, sive Cephas : vos autem Christi, Christus autem Dei.

ORAISON.

DEus, qui hodiernam diem Apostolorum tuorum Petri & Pauli martyrio consecrasti : da Ecclesiæ tuæ eorum in omnibus sequi præceptum, per quos Religionis sumpsit exordium ; Per Dominum nostrum.

x x v. Juillet.

SAINT JACQUES LE MAJEUR.

O falutaris, &c.

℟. Manifeftavit fe Jefus difcipulis ad marè Tiberiadis : Erant fimul Simon Petrus, & filii Zebedæi ; ut defcenderunt in terram, viderunt prunas & pifcem fuperpofitum, & panem. Dicit eis Jefus : * Venite, prandete. ℣. Ego difpono vobis ficut difpofuit mihi pater regnum ut edatis & bibatis fuper menfam meam. * Venite. Gloria. * Venite.

H y m n e.

Nos juvat fancto
  loca facra ritu
(Dux iter pandit Pietas) adire ;
His locis fpirat rediviva in ipfo
  Funere virtus.
Unde concurfus,
via fervet omnis ?
Itur ad facros cineres Jacobi,
Quo latus prodit ; volat ad fepulcrum
  Ultimus orbis.

Omnis huc ætas
  ftudiofa tendit,
Se ligat votis, patriam relinquit,
Afperos montes Amor, obviofque
  Tranfilit amnes.
Hic opem fupplex
fibi quifque pofcit,
Ut Deum flectat precibus, Patrono
Indiget tanto ; favet iile, promptam
  Fertque falutem.

VITA lux mundi, | LAUS Deo Patri,
Via, Veritafque, | fimul atque Nato,
Exules duc nos, ubi | Ut reducat nos, pere-
Chrifte, regnas; | grinus ille
Dum dies lucet, pro- | Venit in noftras, ope-
peremus, & nil | rante fancto
Tardet euntes. | Flamine terras.
| Amen.

℣. Offa ejus vifitata funt.

℞. Et poft mortem prophetaverunt.

CANTIQUE.

COnfitebor tibi, Domine rex, * & col-laudabo te Deum Salvatorem meum.

Confitebor nomini tuo ; * quoniam adjutor & protector factus es mihi.

Et liberafti corpus meum à perditione : * à laqueo linguæ iniquæ & à labiis operantium mendacium.

Et in confpectu aftantium * factus es mihi adjutor.

Et liberafti me fecundùm multitudinem mifericordiæ nominis tui : * à rugientibus præparatis ad efcam.

De manibus quærentium animam meam, * & de portis tribulationum quæ circumdederunt me.

De altitudine ventris inferi, & à linguâ coinquinatâ, & à verbo mendacii : * à rege iniquo, & à linguâ injuftâ.

Laudabit ufque ad mortem * anima mea Dominum. Gloria Patri, &c.

Ant. In diebus suis non pertimuit principem & potentiâ nemo vicit illum, nec superavit illum verbum aliquod, & mortuum prophetavit corpus ejus.

ORAISON.

DEus, qui venerandum Apostoli tui Jacobi tumulum innumeris voluisti clarere virtutibus : præsta, quæsumus, ut sicut gloriam tuam hujus Apostoli exuviæ sacræ sine intermissione prædicant : Ita nobis ejus intercessio gratiæ tuæ semper beneficia conciliet. Per Dominum.

xv. Août.

LE JOUR DE L'ASSOMPTION
DE LA SAINTE VIERGE.

O salutaris, &c. ℣. ℞. *& Oraison comme à l'Avent.*

℞. APertum est templum Dei in cœlo, ✶ Et signum magnum apparuit in cœlo : Mulier amicta sole, & luna sub pedibus ejus, & † In capite ejus corona stellarum duodecim ℣. Astitit Regina à dextris tuis, Deus, in vestitu deaurato circumdata varietate. ✶ Et Gloria. † In capite.

HYMNE.

PARATA cum te | O Virgo, cœli præposcerent, | mia,

Purum

Purum sacratis artubus
bus
Amor resolvit spiri-
tum.

   SED victa partu
mors tuo,
Te labis expertem ne-
quit,
Suis nec audet strin-
gere
Vitæ parentem nexi-
bus.

   O qualis inter ob-
vios
Regina scandit cœli-
tes !
Quam pulcra, celsæ
proxima
Sedi Tonantis, assi-
det !

AMICTA sole fe-
mina,
Lunamque subjectam
premens,
Bissena cui cingunt ca-
put
Fulgore miro sidera.

   O Tu, clientum
cui preces,
Cui vota cordi, judicé
Præbere nobis, quod
potes,
Patrona, placatum ve-
lis.

   SIT nostra per te
laus Patri,
Tuoque grata Filio,
Et utriusque flamini,
In seculorum secula.
     Amen.

℣. Tu, Domine, susceptor meus es,

℞. Gloria mea, & exaltans caput meum.

CANTIQUE.

BEnedixit te Dominus in virtute sua, * quia per te ad nihilum redegit inimicos nostros.

   Benedicta es tu, filia, à Domino Deo excelso * præ omnibus mulieribus super terram.

   Benedictus Dominus, * qui creavit cœlum & terram :

   Qui te direxit * in vulnera capitis principis inimicorum nostrorum ;

Quia hodie nomen tuum ita magnificavit ;
* ut non recedat laus tua de ore hominum.

Gloria Patri, &c.

Ant. In plenitudine sanctorum detentio
mea : quasi cedrus exaltata sum, & quasi cy-
pressus in monte Sion.

ORAISON.

VEneranda nobis, Domine , hujus diei
festivitas opem conferat salutarem , in quà
sancta Dei Genitrix mortem subiit temporalem, nec tamen mortis nexibus deprimi po-
tuit , qui Filium tuum Dominum nostrum Jesum Christum de se genuit incarnatum ; qui
tecum vivit , &c.

VIII. Septembre

LE JOUR DE LA NATIVITÉ
DE LA SAINTE VIERGE.

O salutaris, &c. ℣. ℟. *& Oraison, comme
à l'Avent.*

℟. Erat virgo desponsata viro, cui nomen
erat Joseph, de domo David ; & * Nomen
virginis Maria. ℣. Tu ipse, Domine Deus,
qui elegisti, posuisti nomen ejus. * Nomen.
Gloria. * Nomen.

HYMNE.

MOrtale, cœlo tolle, genus, caput :
En noctis horror desiit ; en jubar
Nascentis auroræ propinquum
Admonuit properare solem.

Sᴀᴄʀᴏ tumentes germine jam polus
Terras amicis imbribus irrigat :
De ſtirpe Jeſſe virga ſurgit
Conſpicuum paritura florem.

Cœʟᴇsᴛɪs illum gratia ſpiritus
Inunget : illi juſtitia & fides,
Timorque caſtus, veritaſque
Et pietas cómites præibunt.

Hᴜɴᴄ ergo, quem tot ſecla fidelibus
Votis anhelant ; quem miſero Deus
Promiſit orbi, ſpem ſalutis,
Accelera, pia Virgo, fructum.

Sɪᴛ Trinitati perpetuum decus,
Inflicta mundo quæ miſerans mala,
In matre pignus naſcituri
Non dubium dat habere Chriſti. Amen.

℣. Vultum tuum deprecabuntur
℟. Omnes divites plebis.

CᴀɴᴛɪQᴜᴇ.

AUdite, Reges ; auribus percipite, principes : * Ego ſum, ego ſum quæ Domino canam, pſallam Domino Deo Iſrael.

Domine, cum exires de Seïr, * & tranſires
per regiones Edom,

Terra mota eſt, * cœlique ac nubes diſtil-
laverunt aquis.

Montes fluxerunt à facie Domini, * & Si-
nai à facie Domini Dei Iſrael.

Ceſſaverunt fortes in Iſrael, & quieverunt ;
* donec ſurgeret mater in Iſrael.

Nova bella elegit Dominus, * & portas
hoſtium ipſe ſubvertit.

Salvatæ funt reliquiæ populi : * Dominus in fortibus dimicavit.

Benedicta inter mulieres ; * benedicatur in tabernaculo fuo.

Qui autem diligunt te, Domine, * ficut fol in ortu fuo fplendet, ita rutilent. Gloria.

Ant. Benedicta tu à Deo tuo in omni tabernaculo Jacob ; quoniam in omni gente quæ audierit nomen tuum, magnificabitur fuper te Deus Ifrael.

O R A I S O N.

Deus, qui in beneplacito tuo mundum tibi reconciliare voluifti : præfta, quæfumus, ut qui Nativitatem fanctæ Dei Genitricis celebramus, ipfam quam Filius ejus operatus eft falutem, matris interceffione confequamur ; Per eumdem Dominum.

Premier Dimanche d'Octobre.

FESTE DE LA DÉDICACE.

R. Tu, Domine univerforum, qui nullius indiges, voluifti templum habitationis tuæ fieri in nobis : * Et nunc, fancte fanctorum, Domine, † Conferva in æternum impollutam domum iftam. V. Si quis templum Dei violaverit, difperdet illum Deus : Templum enim Dei fanctum eft. * Et nunc. Gloria. † Conferva.

H Y M N E.

Patris æterni foboles coæva,
Dum tuæ facros pia plebs honores

Ædis inftaurat, Deus alme, noftris
    Annue votis.
Hic facri fontis latices ab ortu
Inditi purgant maculam reatus :
Hic & infufum nova membra Chrifto
    Chrifma coaptat.
Hic fuâ pafcit populos fideles
Carne, qui mundi !celus omne tollit
Agnus, & fufi pretium cruoris
    Ipfe propinat.
Hic falus ægris animis Paratur :
Hic reos judex facilis relaxat,
Atque lethalem rediviva pellit
    Gratia culpam.
Cujus in cœlo thronus eft perennis,
Incolit parvam Deus altus ædem :
Hic adorator fibi quifque fedem
    Præparat aftris.
Nullus hanc turbo quatit, irruentis
Nulla vis nimbi, rapidive fluctus :
Cedit hanc contra furor inferorum.
    Irritus omnis.
Laus Deo, virtus, honor, & poteftas
Una fit Patri, parilique Proli :
Par fit amborum tibi nexus omni,
    Spiritus, ævo. Amen.
℣. Domum tuam decet fanctitudo, Domine,
℟. In longitudinem dierum.

CANTIQUE.

JErufalem civitas Dei, luce fplendida ful-
gebis, * & omnes fines terræ adorabunt te.

Nationes ex longinquo ad te venient : &
munera deferentes adorabunt in te Dominum,
* & terram tuam in sanctificationem habebunt;

Nomen enim magnum * invocabunt in te.

Maledicti erunt qui contempferint te ; &
condemnati erunt omnes qui blafphemaverint
te ; * benedictique erunt qui ædificaverint te.

Tu autem lætaberis in filiis tuis ; * quoniam
omnes benedicentur & congregabuntur ad
Dominum.

Beati omnes qui diligunt te , * & qui gau-
dent fuper pace tua.

Anima mea , benedic Dominum ; * quoniam liberavit Jerufalem civitatem fuam à cun-
ctis tribulationibus ejus Dominus Deus nofter.

Beatus ero fi fuerint reliquiæ feminis mei *
ad videndam claritatem Jerufalem.

Portæ Jerufalem ex fapphiro & fmaragdo
ædificabuntur ; * & ex lapide pretiofo omnis
circuitus murorum ejus.

Ex lapide candido & mundo omnes plateæ
ejus fternentur : * & per vicos ejus Alleluia
cantabitur.

Benedictus Dominus qui exaltavit eam ; *
& fit regnum ejus in fecula feculorum fuper
eam. Amen. Gloria Patri, &c.

Ant. Domus tua, Domine, in fanctificatio-
ne tua permaneat ; & omnes gentes agnofcant
quia tu es Deus, & non eft alius præter te.

ORAISON.

DEus, qui nobis per fingulos annos hujus
fancti Templi tui confecrationis reparas

diem, & sacris semper mysteriis repræsentas
incolumes : exaudi preces populi tui, & præsta
ut quisquis hoc templum beneficia petiturus
ingreditur, cuncta se impetrasse lætetur ; Per

IX. Octobre.

LE JOUR DE SAINT DENIS,

Lorsqu'il arrive le Dimanche ou le Jeudi.

O salutaris, &c. ℣. ℟. & *Oraison, comme
à l'Avent.*

℟. Non in vacuum cucurri, neque in vacuum laboravi ; * Sed etsi immolor supra sa-
cificium, & obsequium fidei vestræ, gaudeo,
& congratulor omnibus vobis ; idipsum autem
† Et vos gaudete, & congratulamini mihi.
℣. Non mihi contingat parcere animæ meæ in
omni tempore tribulationis ; * Sed etsi immolor. Gloria. † Et vos gaudete.

HYMNE.

AD sanctos cineres (pignora Martyrum
Sunt hæc plena Deo) currite, civitas :
Hîc cunæ fidei : funeris in sinu
  Vitam pleniùs hausimus.

 Hîc, dum justa parant prælia principes,
Flexis poplitibus, præsidium petunt :
Vestros ante pedes regia supplices
  Deponunt diademata.

 Quos sensere bonos rebus in arduis
Viventes, etiam post sua funera
Jungi Martyribus, dum veniat dies

Terris ultimus, ambiunt.
Hîc quot prodigiis se Deus asserit!
Hîc surdi patulis auribus audiunt:
Cæcis hîc sua lux redditur, & suus
     Contractis vigor artubus.
PATRI maxima laus, maxima Filio,
Amborumque sacro maxima Flamini,
Cui se ritè litans, funere splendido
     Triplex consecrat hostia.   Amen.
℣. Secundum magnitudinem brachii tui,
Domine, ℟. Posside filios mortificatorum.

CANTIQUE.

EXue te, Jerusalem, stolâ luctûs & vexationis tuæ; * & indue te decore & honore ejus, quæ à Deo tibi est, sempiternæ gloriæ.

   Circumdabit te Deus diploide justitiæ, * & imponet mitram capiti honoris æterni,

   Deus enim ostendet splendorem suum in te * omni qui sub cœlo est.

   Nominabitur enim tibi nomen tuum à Deo in sempiternū: * Pax justitiæ, & honor pietatis.

   Exurge, Jerusalem, & sta in excelso, * & circumspice ad orientem ;

   Et vide collectos filios tuos ab oriente sole usque ad occidentem, * in verbo sancti gaudentes Dei memoriâ.

   Exierunt enim abs te pedibus ducti ab inimicis: * adducet autem illos Dominus ad te, portatos in honore sicut filios regni. Gloria.

   Ant. Ludibria & verbera experti, insuper
                                                    &

& vincula & carceres, tentati funt : in occifio-
ne gladii mortui funt.

ORAISON.

DEus, qui hodiernâ die beatum Diony-
fium, martyrem tuum atque pontificem,
virtute conftantiæ in paffione roborafti ; qui-
que illi, ad prædicandum Gentibus gloriam
tuam, Rufticum & Eleutherium fociare digna-
tus es : tribue nobis, quæfumus, ex eorum imitatione, pro amore tuo profpera mundi defpi-
cere, & nulla ejus adverfa formidare ; Per.

Premier Novembre

LE JOUR DE LA TOUSSAINTS;

Lorfqu'elle arrive le Dimanche ou le Jeudi.

O falutaris, &c. ꝟ. ℟. & *Oraifon,* comme
à *l'Avent.*

℟. Redemifti nos Deo in fanguine tuo, ex
omni tribu, & lingua, & populo, & natione ;
* Et † Fecifti nos Deo noftro regnum & fa-
cerdotes ; & regnabimus. ꝟ. Dux fuifti in mifericordia tua populo quem redemifti, & por-
tafti eum in fortitudine tua, ad habitaculum fanctum tuum. * Et. Gloria. † Fecifti.

HYMNE.

HYmnis dum refonat curia Cœlitum,
Hîc flemus patriis finibus exules :
    Hîc fufpenfa tenemus
    Mutis cantibus organa.

F

QUANDO mens misero libera carcere
Se vestris sociam cœtibus inseret ;
    Et caligine pulsâ,
    Cœli lucem habitabimus !
OBSCURÆ fugient mentis imagines,
Cùm stantes propiùs luminis ad jubar ,
    Nos Verum sine nube
    Ipso in fonte videbimus.
NOBIS, sancta cohors, sis bona : fluctibus
Luctantes mediis, quos modò respicis,
    Da portus, duce Christo ,
    Da contingere prosperos.
A quo cuncta fluunt, maxima laus Patri :
Qui mundum reparat, maxima Filio :
    Et quo pectora flagrant,
    Sit laus maxima Flamini. Amen.
℣. Exultabunt Sancti in gloria :
℟. Lætabuntur in cubilibus suis.

CANTIQUE.

REddidit justis Sapientia mercedem laborum suorum, * & deduxit illos in via mirabili.

Et fuit illis in velamento diei, * & in luce stellarum per noctem.

Transtulit illos per mare rubrum, * & transvexit illos per aquam nimiam.

Inimicos autem illorum demersit in mare ; * & ab altitudine inferorum eduxit illos.

Ideò justi tulerunt spolia impiorum ; * & decantaverunt , Domine, nomen sanctum tuum, & victricem manum tuam laudaverunt pariter :

Quoniam Sapientia aperuit os mutorum, & linguas infantium fecit difertas.

Gloria Patri, &c.

Ant. Fulgébunt jufti, judicabunt nationes, & dominabuntur populis ; & regnabit Dominus illorum in perpetuum.

ORAISON.

OMnipotens fempiterne Deus, qui nos omnium Sanctorum tuorum mérita fub una tribuis celebritate venerari : quæfumus, ut defideratam nobis tuæ propitiationis abundantiam, multiplicatis intercefforibus, largiaris ; Per Dominum.

LE JOUR DE SAINT CHARLES,

Dont on fait la Fête le Dimanche après le 3 Novembre.

℟. Difperfit dedit pauperibus ; * Juftitia ejus manet in feculum feculi ; † Cornu ejus exaltabitur in gloria. ℣. Qui parcè feminat, parcè & metet ; & qui feminat in benedictionibus, de benedictionibus & metet : * Juftitia ejus manet in feculum feculi, &c. Gloria Patri † Cornu ejus.

HYMNE.

QUAM graves cymbam quatiunt procellæ !
Solvitur morum pudor : intumefcunt
Hærefes : tandem venias amicum,
    Carole, fidus.

NASCITUR ; crefcit tibi, Chrifte, miles :
Tartari fævas domitura peftes
Arma jam gaudet puer actuofo
    Cudere ludo.
Non facros templi re-

ditus profano
Diffipat luxu : monet ipfe
patrem.
Defluant illuc, ait ; & pa-
renti
   Monftrat egenos.
   V I L L I C U M fefe ge-
rit indigentis :
Flere dedifcit fua fata
pauper ;
Fitque, mutatâ vice, Bor-
romæo
   Paupere, dives.
   M E N T E maturum ju-
venem virili
Purpuræ veftit nitor : eni-
tentem
Purpuram vincit , pro-

prioque virtus.
   Signat honore.
   U L T I M A M Patrum
facer ordo plagam
Hærefi dudum minitatur :
afflat
Carolus vires : merito fe-
ritur
   Fulmine monftrum.
   C H R I S T E , tu fponfæ
miferans , dedifti
Carolum cleri populique
normam :
Qui fuum verè referant
parentem
   Mitte miniftros.
   Amen.

℣. Beatus qui intelligit fuper egenum & pauperem:
℞. In die malâ liberabit eum Dominus.

C A N T I Q U E.

SPlenduit lucerna Domini fuper caput meum : *
& ad lumen ejus ambulabam.

Auris audiens beatificabat me : * & oculus videns
feftimonium reddebat mihi ;

Eò quòd liberaffem pauperem vociferantem , * &
pupillum cui non effet adjutor.

Benedictio perituri fuper me veniebat ; * & cor vi-
duæ confolatus fum.

Juftitiâ indutus fum ; * & veftivi me, ficut vefti-
mento & diademate, judicio meo.

Oculus fui cæco, & pes claudo : * pater eram pauperum.

Caufam quam nefciebam, * diligentiffimè invefti-
gabam.

Conterebam molas iniqui, * & de dentibus illius
auferebam prædam.

Dicebamque : In nidulo meo moriar ; * & ſicut palma multiplicabo dies. Gloria Patri, &c.

Ant. Ego vobis dico; facite vobis amicos de mammonâ iniquitatis ; ut cùm defeceritis, recipiant vos in æterna tabernacula.

ORAISON.

EA, Domine, caritatis viſcera quæ ipſi infudiſti, obtineat & nobis ſanctus Pontifex Carolus ; ut ejus imitatione, Chriſtum in membris eſurientem paſcentes, nudum operientes, & infirmum viſitantes, paratum miſericordibus corde regnum, unà cum ipſo poſſidere mereamur ; Per eumdem Dominum.

VIII. Decembre
LE JOUR DE LA CONCEPTION
DE LA SAINTE VIERGE.

O ſalutaris, &c. ♊. ℞. & *Oraiſon, comme à l'Avent.*

℞. Fecit mihi magna qui potens eſt, & ſanctum nomen ejus : * Et † Miſericordia ejus à progenie in progenies timentibus eum. ♊. Cogitate per generationem & generationem ; quia omnes qui ſperant in eum, non infirmantur. * Et miſericordia. Gloria Patri. † Miſericordia.

L'*Hymne* Mortale cœlo, &c. *ci-devant, page* 58.

♊. Semel juravi David in ſancto meo :
℞. Semen ejus in æternum manebit.

CANTIQUE.

INcipite Domino in tympanis : * Cantate Domino in cymbalis.

Modulamini illi pſalmum novum : * exaltate, & invocate nomen ejus.

Dominus conterens bella : * Dominus nomen eſt illi.

Qui poſuit caſtra ſua in medio populi ſui, * ut eriperet nos de manu omnium inimicorum noftrorum.

Venit Affur ex montibus ab Aquilone, * in multitudine fortitudinis fuæ:

Cujus multitudo obturavit torrentes, * & equi eorum cooperuerunt valles.

Dixit fe incenfurum fines meos, * & juvenes meos occifurum gladio,

Infantes meos dare in prædam, * & virgines in captivitatem.

Dominus autem omnipotens nocuit eum, & tradidit eum in manus feminæ, * & confodit eum.

Gloria Patri, &c.

Ant. In me ancilla fua adimplevit Dominus Deus nofter mifericordiam fuam, quam promifit domui Ifrael.

ORAISON.

Famulis tuis, quæfumus, Domine, cœleftis gratiæ munus impertire ; ut quibus beatæ Virginis partus extitit falutis exordium, Conceptionis ejus votiva folemnitas pacis tribuat incrementum ; Per Dominum.

F I N.

Le Privilége eft à l'Office propre de Saint Jacques le Majeur.

www.ingramcontent.com/pod-product-compliance
Lightning Source LLC
LaVergne TN
LVHW022314170726
843503LV00006B/2502